玩轉科技世界④
噗噗！放臭屁的秘密

崔宰訓 著　　宋會錫 繪

新雅文化事業有限公司
www.sunya.com.hk

人人都會放屁的啊！別太在意！

小朋友，你們一天會放屁多少次呢？沒有數過？那今天開始認真數數吧！相信會讓你十分驚訝的。雖然每個人都不同，但每個人一天放屁的次數絕對比你想像的多啊！

大部分人對自己放的屁都不以為然，但是卻會對別人放屁感到不快。所以我們也養成了在別人面前忍着不放屁的習慣，或者盡量在不被發現之下偷偷放屁。

其實，放屁並不是什麼可恥的事。放屁只不過是我們把食物吃進去之後，它們在腸胃中消化的信號。根據氣味和次數，我們還可以從中注意到自己的健康狀態。我們常常說長時間忍着大小便是不健康的，而放屁也是一樣，長時間忍屁對健康也是不好的，應該及時將氣體排出體外。

雖然在別人面前放屁實在是太尷尬和丟臉，但是放屁是最自然不過的生理現象，有時候別太在意，也不要取笑別人，我們或者可以嘗試在最親密的家人或朋友面前放個屁吧！放完之後會有一種身心舒暢的感覺呢！

崔宰訓

可素

S博士的兒子。雖然平凡，但是盡得天才機械工程師爸爸的真傳。偶爾也會發揮出一些過人的才能。充滿好奇心，經常將疑問掛在嘴邊。

比比

可素的好朋友。S博士的對手兼好朋友C博士的女兒，比比TV的運營者。

阿爆

放屁大王，因為經常放臭屁，朋友們都遠離他，所以感到很苦惱。

S博士

可素的爸爸。天才機械工程師。本來在大企業的研究所裏工作，後來因為想專注於自己的研究而辭職了。他什麼都能製造出來，什麼都能修理好。比起本名孫聖手，大家更喜歡稱呼他為S博士。

目錄

噗噗！放屁大王阿爆

在一個天朗氣清的周末。可素的媽媽久違地約了朋友們一起去旅行。出發前，她不厭其煩地向S博士和兒子叮嚀一番。

「湯已經煲好了，冰箱裏有已經做好的餸菜。你們只要自己準備白飯就可以了。一日三餐一定要記得按時吃啊！」

原來，可素媽媽早知道會變成這樣，果然不出所料。

S博士只好將冰箱裏的餸菜全部拿出來放好，準備吃飯。

喵，是烤魚！

呃！是清麴醬的味道！

8

「人之所以能聞到氣味，是氣味分子隨着空氣進入人的鼻腔或口腔裏造成的！」

S博士開始本能反射地解釋原理。

S博士先將一碗米飯倒進燉湯裏，接着又裝了半碗飯加入清麵醬鍋中，一邊拌飯一邊繼續說道。

「雖然清麵醬的味道比較獨特，但是對身體很好的。只要想像一下，這不是清麵醬，而是你們喜歡的披薩……」

披薩的氣味分子以氣體的形態飄散到空氣中，再進入我們的鼻腔和口腔。

4 大腦對從嗅覺神經接收到的信號進行分析，判斷出這是什麼東西的氣味。

嘩！好香的味道！好想快點吃到！

嗅覺神經

3 嗅覺細胞發生化學反應的結果會轉換成電流信號，傳達給嗅覺神經。

嗅覺表皮組織　　嗅覺細胞

2 氣味進入鼻腔深處的嗅覺表皮組織，並與嗅覺細胞產生化學反應。

11

「等等！我想問的是，為什麼感冒鼻塞就聞不到氣味呢？」

「不管氣味是從鼻腔進入，還是從口腔進入，都必須碰到嗅覺細胞並產生化學反應，才可以讓我們辨別氣味。一旦患上感冒，鼻腔內有炎症，包裹着嗅覺細胞的黏液質就會變厚。黏液質變厚之後，氣味分子無法穿破，我們就聞不到氣味了。」

你這小偷！

嘻！

哦，氣味分子來了！

一般情況

到達！

黏液質增加

感冒時

還不快過來？

努力！

太厚了，我們穿不過去！

12

聽完後，比比又再問：
「我們班有一位同學，一年到晚
都流着鼻涕。那麼他是一輩子都聞不
到氣味嗎？」

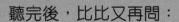

吸鼻涕
吸鼻涕

患有難以治療的嚴重鼻
腔疾病或者大腦受到嚴
重傷害的人都有可能聞
不到氣味。

感冒症狀減弱或者炎
症消失之後，就可以
再次聞到氣味了。但
是也有例外的。

嗚

聞不到氣味的話，
食物變質了也不知
道，燥氣味也聞不
到，那就是比較危
險了。

沒有什麼
味道呢！

連食物的味道都不
能準確感知呢！

炸雞

嗨！聞不到放屁的
味道，也挺好呢……

他們吃完飯，正在收拾餐桌的時候，鄰居家的狗突然像狼一樣吠叫。接着可素家的小貓也突然跳出窗外跑走了。

可素吸了吸鼻子說：
「我真的聞到了！聞到了！」

「所以可素小時候的花名是『狗鼻子』！」
「噢！可素居然還有這種技能。」

突擊測驗！

? 貓、狗和人類中，誰的鼻子最靈敏呢？

當然是人類最厲害啦！因為人的大腦是最發達的，他們是萬物之靈！

哇！是花蟹湯的味道呢！

收收

國際機場
International Airport

不，當然是貓啦！嗅覺是我們的生存之道！

說到嗅覺，當然是狗鼻子最靈敏吧！連可素小時候的花名也叫作『狗鼻子』，就可想而知了。

哼哼！那行李箱裏有可疑物品。

這是可以吃的東西！喵！

小朋友，你們應該沒有偷看答案吧？

正確答案是一頁

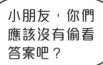

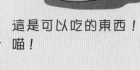

17

正確答案是狗！嗅覺神經越多，證明辨別氣味的能力越強！

狗鼻是第一位！

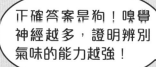

果然是狗鼻子

沒關係，反正我不是最後一名。

2	1	3
約6500萬個	約2億個	約1000萬個

狗的鼻子裏隱藏着非常特別的機能。

首先，狗的鼻腔比較濕潤，因此可以附着的氣味分子更多。

吸氣

第二，牠們吸氣和呼氣的位置是分開的，所以辨別氣味更容易。

呼氣

第四，狗大腦裏負責嗅覺功能的嗅球比人類的大三倍。

嗅球

鼻腔

第三，狗的鼻腔闊大，進入鼻腔後的氣味物質在寬闊溫熱的空間下變得更加活躍。

噗！噗！噗噗！

伴隨着輕快的聲音，阿爆來到了可素家。可素高興地開門迎接他。

「這已經不是放屁的味道了。你肯定是來不及便便……」
終於反應過來的比比大聲喊道。
「真的太過分了！」
無比委屈的阿爆越來越生氣。

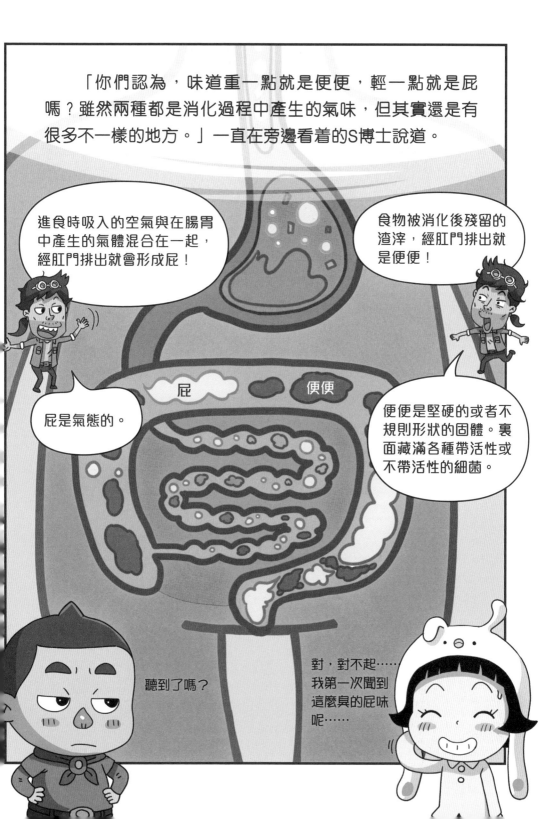

可素從來沒有見過這麼生氣的阿爆。從小他就被人叫放屁大王，但是從來沒有生氣過。

一開始阿爆還想假裝若無其事，後來在可素的真誠勸說下，終於將真心話說了出來。

「其實……我因為放屁的問題非常苦惱。班上的同學從我身邊經過，都會悄悄地躲開。」

火箭王放屁研究所

可素和比比決定幫阿爆解決放屁的問題。
「這時候最好的辦法就是上網搜尋。」
「沒錯。除了阿爆肯定還有很多因為放屁而煩惱的人。」

我們搜尋
「放屁」就
可以了嗎？

這樣搜尋的話，會有很
多不相關的內容吧？不
如我們直接輸入「解決
放屁煩惱」。

阿爆緊張地瞪大
眼睛，認真地瀏覽。

看到搜索結果後可素和比比非常驚訝。阿爆更是驚訝到放了一個大屁。

← 解決放屁煩惱 ✕ 🎤 ≡

想避免放臭屁就努力練習跑步吧！ 20:05

朋友經常放屁讓我十分頭痛。只要跑得快就能躲開嗎？
放屁煩惱TV
2周前 觀看人數 18萬次

健力士紀錄挑戰記 16:30

健力士紀錄完美解決放屁煩惱！
「這也可以申請健力士紀錄？」
世界第一頻道
1年前 觀看人數 502萬次

沒有臭屁的世界 28:24

各位放屁大王！快來玩深海潛水吧！
水下的幸福TV
1周前 觀看人數 10萬次

正視放屁，你也可以是藝術家！ 15:03

不要因為放屁而煩惱，放屁也可以是一種藝術！
噗的藝術blog
2年前 觀看人數 1050萬次

世界上的臭屁大王真多呢！

快看看吧！

25

「這個不會是阿爆班上的同學上載的吧？嘻嘻！」
一臉好奇的比比開啟了第一個短片。

氣味在空氣中揮發的速度
比聲音慢很多。

如果是在沒有風的幽閉環境，揮發得會
更慢吧？所以只要各位以最快的速度奔
跑，是有機會可以避開臭屁味的！

看完短片之後，阿爆感到非常無語。

這算是什麼解
決方法啊……

比比馬上開啟第二個短片。

一位菲律賓青年說，他可以隨心所欲地控制放屁。

他用5個屁吹熄了5支蠟燭。

但是，健力士紀錄委員會拒絕承認這項紀錄。
而旁邊的人都警告他不要再污染空氣。

看完第二個短片，阿爆連續放了好幾個混合了傷心與憤怒的屁。

「你們看。經常放屁的人總是得不到理解的！」

下了很大決心才向兩位朋友剖白內心的阿爆，現在是失望透了。

「我真的走了！沒有人可以幫到我！」

就在阿爆剛要踏出門口的時候，比比大聲喊道：

「這次真的找到了！」

阿爆終於重燃了一絲希望。

放屁樂隊火箭王，用屁聲來演奏了一曲！

想着要去見放屁樂隊火箭王，阿爆的腳步和屁聲都變得歡快。

可素、比比和阿爆來到
「火箭王放屁研究所」。從建
築物外形就可以看出來這個地
方一點都不平凡。

火箭王 放屁研究所

屋頂竟然是屁股
造型的呢！果然
不同凡響。

嘻，很好奇啊！

按下門鈴之後，傳來一陣噗噗嚕嚕嚕的
聲音。「果然是放屁達人，連門鈴聲音都
跟別人不一樣！」阿爆讚歎不已。

你們是為學習
放屁發射方法
而來的嗎？

你，你怎麼
知道的？

34

火箭王滿心歡喜地招待阿爆等人。「我們家族世世代代都很會放屁，久而久之變得對放屁很有研究。」火箭王自豪地說。

這張照片是真實的嗎？

這是我爺爺，他被稱為「火焰屁王」！

居然可以用放屁來點火！

如果用放屁來點火，火焰會是什麼顏色的呢？

用屁點的火一定會散發神秘的光芒，我覺得是藍色。

火焰當然是紅色的啦！我選紅色！

從身體裏放出來的氣體肯定是很溫暖的吧？我選溫暖的黃色！

「正確答案是藍色。因此放屁又被稱為『藍色天使』。至於呈現藍色的原因，是因為含有甲烷……」

放屁達人火箭王開始給他們講解組成屁的氣體成分。

屁的主要成分

氮59%

我們在呼吸或者進食時，氮氣會隨食物一起進入身體，然後通過放屁排出體外。因為氮氣本來就是空氣中含量最高的氣體，所以在屁裏面含量也很高。氮氣是無色無味的。

氧3%

跟氮氣產生的情況相似，氧是我們在呼吸或者進食時一起吸入體內的氣體。

從肛門排出的屁，主要成分有氮、氫、二氧化碳、氧、甲烷和硫化氫等。其中散發出臭味的元兇是硫化氫。

氫 21%

氫氣的爆發力超強，能讓屁被點燃。氫氣是體內細菌消化食物的過程中產生的。在消化過程中產生的所有氣體，氫氣所佔的比重最多。

二氧化碳 9%

二氧化碳是胃酸等物質在跟食物或細胞發生化學反應時所產生的。

臭氣十足！

甲烷 7%

消化過程中所產生的氣體。它讓放屁火焰變成藍色，也是它影響了屁的氣味。

硫化氫 1%

惡臭氣味形成的主因。雖然含量微小卻可以散發出強烈的味道。

「我爺爺的放屁火焰真的很厲害呢！但是也因為這個火焰，他去世了。」

火箭王臉上滿是悲傷的表情。

放屁爆炸事故發生後我下定決心，

不再用放屁點火，轉為培養可以控制放屁的能力！

「那麼，我來給你示範一下，到底怎樣隨心所欲地控制放屁吧？」

好啊！

火箭王用不同的動作發出了不一樣的放屁聲。

這是將力氣全部集中一次放出的**大炮屁**

連續不間斷放出的**機關槍屁**

神不知鬼不覺悄悄放出的**滑溜屁**

屁股交響樂！

現場看果然比短片更震憾呢！

39

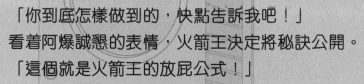

「你到底怎樣做到的，快點告訴我吧！」
看着阿爆誠懇的表情，火箭王決定將秘訣公開。
「這個就是火箭王的放屁公式！」
放屁聲音大小 = 放屁的體積 X 放屁噴出的壓力 ÷ 肛門直徑

屁的體積和壓力越大，
肛門的擴張寬度越小，
聲音就越大。

當然，這個只是我根據
自己的經驗總結出來。
不一定完全準確。

完全不知道
你在說什麼
呢？

放屁已經讓我
很苦惱了，還
要做數學……

反正就是沒
有經過科學
驗證的。

41

阿爆馬上進入放屁控制訓練。通過收縮和舒展肛門附近的括約肌，一個接一個地放屁。

雖然阿爆的放屁訓練很成功……但是可素與比比就越來越暈了。

雖然放屁可以受到控制，但是氣味還是一樣難忍。

「你們怎麼了？快醒醒！」阿爆搖晃着暈倒的可素和比比，將他們喚醒。

阿爆不得不承認，火箭王無法幫他實現願望了。

「我只可以控制放屁，但是無法讓自己不放屁，更控制不了屁的氣味。」

再見了，我的好徒弟阿爆。每個人都會放屁的。你要為自己擁有特別的放屁技能而感到自豪啊！

要成為不放屁、沒有臭味的阿爆，真的只是妄想嗎……

放屁醫生方噗噗

　　非常失望的阿爆變得越來越憂鬱。可素和比比雖然很想幫他，但是也想不出什麼好的辦法。

　　「振作啊！阿爆。就算天塌下來都可以放屁，不是，是都可以堅持下去的。」

不一會，S博士駕駛着汽車過來。他載上孩子們向着某個方向前進。汽車離開了喧鬧的城市，駛上了狹窄彎曲的鄉間小路。

爸爸，這裏有幫助阿爆解決放屁煩惱的地方嗎？

當然有！我認識一位很厲害的醫生，我們很快就到了……

SY2021

噗！

　　大家最擔心的事情還是發生了，所有人在聞了臭鼬的臭氣彈之後，都快暈過去了。

「對了，你在電話裏說的急事是什麼呢？」
「是因為我！」
阿爆迫不及待站出來替S博士回答。

我不想再做放屁大王了。請你幫幫我！

啊！那你就找對人了！

「歡迎來到我的動物醫院！」
方醫生朝着前方的建築物邊走邊說道。

方噗噗的綠色
動物醫院

爸爸説的醫生竟然是獸醫？

我……我是人呢！

人也是動物的一種啊！

50

第一次看見牛打嗝的孩子們顯得非常驚訝。
「啊……果然連打個嗝都非同凡響！」

「牛跟人一樣也會打嗝和放屁。因為需要把在消化食物的過程中所產生的氣體排出體外。打嗝和放屁時排出的氣體，既有進食和呼吸過程中吸進去的空氣，也有在消化過程中，腸胃裏所產生的氣體。」

如果從嘴巴吸入的空氣無法往下走的話，就會再次從嘴巴呼出，造成「打嗝」。

方醫生嘻嘻笑了起來，然後悄悄說道：
「牛打的嗝裏還藏着一個秘密。」

「秘密就藏在牛的四個胃裏面！」方醫生繼續說。
「不是兩個，也不是三個，牛的胃竟然有四個！」
牛打嗝，呼出的不是氣團，而是一種神秘物質。

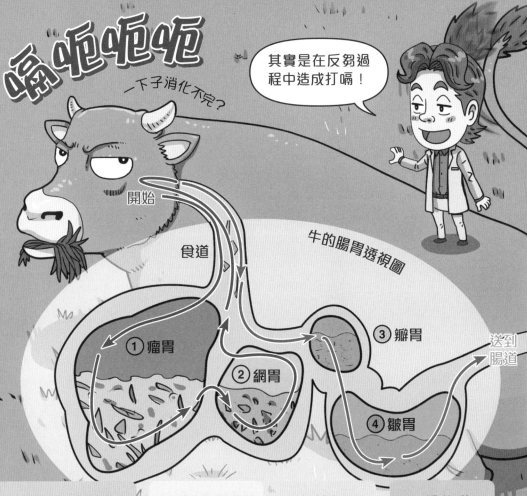

掃掃

嗝 呃 呃 呃

一下子消化不完？

其實是在反芻過程中造成打嗝！

開始

食道

牛的腸胃透視圖

① 瘤胃

② 網胃

③ 瓣胃

④ 皺胃

送到腸道

1. 牛吃進去的草首先到達瘤胃。因為形狀像瘤而得名。瘤胃裏的大量微生物會首先將草分解掉。

2. 第二個到達的胃是網胃。在瘤胃中經過一定程度分解的食物在這裏會結成團被重新送回口中。

3. 反芻之後再次吞下去的食物會在瓣胃被繼續消化。

4. 最後剩下的食物在皺胃被胃液徹底消化，然後被送到腸道。

「還有別的秘密嗎？」

可素和比比提不起勁地說，這讓方博士感到有點不好意思。

那麼，人類放屁也會導致地球暖化嗎？

「雖然人類放屁也會產生甲烷，但是與牛相比，分量實在是太少了。」

聽到方醫生的解釋後，阿爆終於放心。

方醫生的醫院裏放滿了與動物放屁相關的資料。

飛機為何突然迫降

靜候的羔羊

2015年一架載有300頭羊，飛往澳洲的飛機，在飛行途中突然因火災警報響起而被迫降落巴厘島。然而實際上並沒有發生火災，由於飛機上的羊羣一直保持緘默，真相一直無法破解。

這就是我研究動物放屁20年的研究成果。

方醫生，你看！我都説無法跟放屁大王鮇魚住在同一個魚缸呢！

工具提示：喜歡、繼續、喜歡 ⓘ

「樹懶長得很像放屁大王呢！但竟然不是牠！」

「沒想到鯡魚居然也會放屁啊！」

可素和比比對方醫生的動物放屁研究歎為觀止。

你們真的不會放屁嗎？

討厭放屁！

據說白蟻的放屁是動物界第一位

跟可素和比比不同，阿爆顯得越來越消沉。「說來說去都只是關於動物放屁的事情……」

到底有沒有方法可以讓我跟樹懶一樣不會放屁啊？

或許這個可以解答你的問題。我把集合了我所有研究成果的傑作收藏在這裏！

打開

方醫生一邊打開資料櫃門，一邊說：

「登登！這是安裝了吸屁裝置的太空衣！有了這件衣服，就可以徹底解決阿爆的放屁煩惱了！這是為了處理太空人放的屁而特別訂做的。」

連接通訊裝置的介面

阻隔煙霧和光線的金盾面罩

維持生命用的便攜飲料保管入口

軟管連接維生系統，可供應氧氣

排尿裝置

如果穿了沒有放屁吸收裝置的太空衣，太空人在放屁的時候，可能會因為無法呼吸而暈倒呢！

太空尿布，快速吸收放出來的屁

不管有沒有用，先穿一次試試吧！

穿上這個真的能解決我的煩惱嗎？

阿爆相信方醫生所說，穿上了太空衣之後盡情地放了一個又一個的屁。

方醫生也點了點頭同意阿爆說的話。
「嗯，聲音方面，目前還沒有考慮到呢……」

屁味鑑別師

連放屁博士方醫生都解決不了他的煩惱，阿爆變得越來越沮喪。連屁味好像都變得更臭了。

三人無計可施，他們因為沒辦法可以幫到阿爆而感到失落。

　　「阿爆實在太可憐了……」

　　比比一邊按手機一邊說道。

爸爸，真的沒有辦法了嗎？

連放屁博士都束手無策，我又有什麼能耐？

　　這時候，比比的手機響起來了。

　　「我剛剛將阿爆的煩惱發放到奇怪事件討論區，很多人在回應呢！」

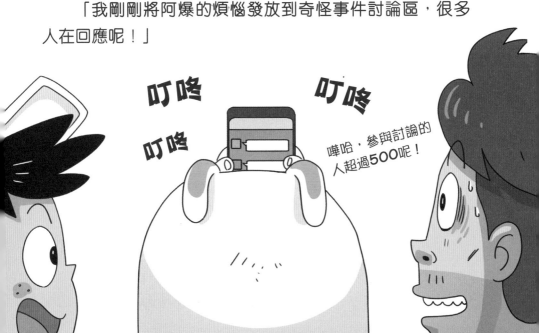

叮咚

叮咚

叮咚

嘩哈，參與討論的人超過500呢！

「我在讓大家給我提供跟放屁有關的人和情報。」
對話框裏出現了各種前所未聞的事情。

世界上真的
是什麼奇怪
人都有呢！

爸爸你也是奇怪
人之一呢！

「我很想知道嘭嘭是什麼人啊！」

比比突然對屁味鑑別師非常感興趣。開始搜尋她的個人社交網賬號。

一定是吃了很多大蒜、洋葱還有牛肉。

全部正確！

吸噗

現在為大家介紹世界最強的放屁氣味鑑別師嘭嘭！

我會對各位的放屁氣味負責的！

有她的話，應該可以解決問題了吧？

有一種很好的預感

可素和比比都認為只要找到嘭嘭，就可以解決阿爆放屁的問題了。於是他們決定馬上去嘭嘭的辦公室找她。

對不起，我跟一位客人約好了，時間有點……

沒關係，反正兩個地鐵站就到了。

地鐵

奧美站

但是，阿爆現在已經對什麼都不抱希望了，一直目無表情，只管放屁，而且臭味越來越濃。

放屁博士、火箭王都無辦法解決呢，沒有用的了。

我們就最後再走一趟吧，最後一次，好不好？

氣味越來越……

「噗嗚嗚嗚──噗！」
阿爆的放屁聲和臭味充斥着整個地鐵車廂。

70

嘭嘭屁味鑑別師的辦公室就在鼓嶺站1號出口前面。

屁味鑑別師

嘭嘭

是這裏了!

毫無期待!

「屁味鑑別師嘭嘭您在嗎?」
比比推開門問道,但是辦公室裏
一個人都沒有。

我們先進去看看吧!

嘭嘭的辦公室裏陳列着很多玻璃瓶，還有很多在社交平台上見過的獎杯和照片。

世界大賽優勝獎不是那麼容易拿到的呢？

可素則很好奇玻璃瓶裏到底裝着什麼？
「這是什麼呢？是放屁樣本之類嗎……？」

打開看一看應該沒關係吧？

打開

嗚哇！

聞到玻璃瓶裏的氣味之後，所有人都暈乎乎的，不到一會兒就暈倒在地上了。

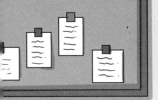

過了一會，對氣味的容忍程度最強的阿爆果然是第一個醒過來。孩子們的臉上都帶着氧氣罩。

發生什麼事了？

為什麼我們會戴着氧氣罩？

呼——
呼——

而且，還有一個人正站在前面監視着他們。「你們是誰啊？為什麼要打開我的玻璃瓶？」

你們是想來偷我的寶貝嗎？

偷什麼啊？我們都沒看到什麼寶貝。

75

「沒錯。這是只含有一種食物氣味的高純度屁。你知道我為了收集這些屁付出多少努力嗎？」嘭嘭的表情非常認真。

想知道如何收集屁！

屁比空氣重嗎？ YES NO

怎樣連接放在水裏的瓶子？

屁

真空狀態下的瓶子 ☆貌似比較堅固

導管 VS 吸管

能溶於水嗎？

提取的道具 吸管 VS 針筒

誰負責放屁？ 兼職招聘

向上置換 向下置換

我的天

雖然不是非要了解不可，但有點好奇的。

肯定能找到方法的……

屁屁 收集法大揭秘

準備工具：大燒杯、玻璃瓶、漏斗、導管、針筒、真空狀態的玻璃瓶

這是我經過漫長研究之後，獨創的放屁收集方法！

首先要將玻璃瓶裏原有的氣體全部排出。

1 將用於收集屁的瓶子完全浸沒在水中，要將瓶子倒轉使空氣完全無法進入。

咕嚕 咕嚕

被填滿

2 對着漏斗放屁，讓屁通過導管進入到瓶子裏。因為屁的重量較輕，所以會往上走，同時將水往下逼出。

看到屁的氣咕嚕咕嚕地進入瓶子裏嗎？

噗

是我們太重了，所以才被趕出來的嗎？

3 在水中將瓶子密封後再拿出來。

4 將瓶子反轉後用針筒將屁氣抽出，再注射到真空狀態的瓶子裏。根據注入氣體的分量將瓶蓋往下推。

用針筒能穿破的材質做瓶蓋。

雖然可能會有部分屁溶在水裏，也不可能保證瓶子100%真空，但是這已經是最好的方法了。

「這些是我一次又一次，艱難地收集到的珍貴寶物啊！」嘭嘭將瓶子珍而重之地抱在懷裏說道。

「如果你們不是來偷我的寶貝屁屁的話，那到底為什麼而來？」

聞到阿爆的屁味之後，嘭嘭的
表情變得微妙。
「我第一次聞到這麼複雜的屁
味呢！」

竟然是連我這種超一流
的鑑別師，都無法一下
子分辨出來的屁味！

聞完阿爆的屁後，嘭嘭選了幾個玻璃瓶擺到桌子上。

「屁是很誠實的！你吃了什麼食物，就會有什麼味道。還有你說你經常放屁，那應該是⋯⋯」

不過，單從飲食方面還不能完全知道頻繁放屁和氣味強烈的原因。要找出變成放屁大王的原由，必須要清楚知道這個人的所有事情。

噗咻

「因為要將你平常的飲食習慣和生活習慣知道得一清二楚，才能解決問題！好吧，那我現在就做出差準備吧？」

為什麼你說得這麼可怕，嚇得我屁都放出來了！

雨傘必須帶！因為經常會毫無預兆地下雨。

放大鏡更需要！

左塞塞右塞塞

畢竟是去別人家，要打扮得漂亮一點。

嗒嗒

84

嘭嘭準備就緒，她背起背囊站在門口說道：
「現在就向阿爆家出發吧！」

啊，放屁樣本也要帶上！

你們站着不走幹什麼？

你知道我家在哪裏嗎？

再怎麼說，至少她真的猜對了屁的味道啊！

這個人真的信得過嗎？

哈哈！你看我這腦袋。對了，你家在哪裏？

這個應該不用帶吧？

阿爆放屁的秘密

屁味鑑別師嘭嘭跟他們一起來到了阿爆家。
「我們家就在這裏。」

現在家裏沒有人，我爸爸媽媽都去上班了。

噗！噗嗚

有毒氣！快跑！

哦，阿爆的父母都是上班族啊？

連這個也要了解嗎？

「當然了！因為放屁與所有生活習慣都有關。」嘭嘭看起來不再是剛剛那副馬馬虎虎的樣子了。她眼神變得凌厲，認真起來。

你們先坐一下，我去給你們拿點心。

阿爆一回到家，第一件事就是拿點心。

跟隨

跟隨

進入廚房後，阿爆首先打開冰箱。
「啊，很口渴！」

一口氣喝完一罐汽水的阿爆打了一個大嗝。

喝完汽水後打嗝，是由於汽水裏含有的氣體造成的。

部分氣體也會通過放屁排出。

我就是打嗝的主犯！

也會讓你放很多屁！

嗝呃呃呃！

在阿爆準備點心期間，嘭嘭留意到旁邊的飯桌。
他平時到底吃什麼樣的飯菜呢？

揭

「雖然糖不會直接導致氣體產生。但是吮糖的過程中，會有很多氣體與口水一起被吞入體內。比起其他食物，吃糖的時候吞入的空氣會更多，所以也會更容易引致放屁！」

可素和比比看着餐桌上的飯菜，發出了驚歎，一時之間感到不知所措。

「嘩！這麼豐盛！你每天都這樣吃嗎？」可素羨慕地說。

阿爆得意洋洋地說：

「嘻嘻！這算什麼……」

阿爆拿起筷子後，便瘋狂夾餸菜，而且狼吞虎嚥地吃着。嘭嘭一直密切觀察着阿爆夾了哪些食物。

阿爆瞬間就吃完了一大碗飯，但他好像還覺得不夠飽，馬上又吃了一個杯麵。大家都被阿爆的驚人食量和食相嚇到了，目不轉睛地看着他。

阿爆坐在沙發上，他坐着坐着，後來索性躺下來嚼香口膠。他嚼呀嚼，還用一隻手輕輕地搓着肚皮。

可素和比比吃完飯，走去沙發的時候，阿爆已經完全進入夢鄉了。

「剛吃完飯就睡覺！」比比說。

「剛吃完飯就躺下的話，會變成牛呢！」可素說。

嘭嘭向驚訝的可素和比比說：

「不會變成牛，但是會變得像牛一樣，經常放屁。」

胃部大約需要30分鐘至1小時才能把食物和空氣分離。

這段時間如果躺下的話，胃的入口就會被食物堵住。

食道

只有這邊有路呢！我們得從嘴巴出去的……

現在被堵住了

那麼，不能通過打嗝排出體外的空氣就會跟食物混合在一起，

出去吧！

噗噗

然後一起進入腸道以放屁的形式排出。

哞，我們才不會吃完就睡呢！

「阿爆的放屁之謎已經差不多解開！」

看了嘭嘭的筆記之後，可素和比比已經基本理解嘭嘭說的是什麼意思了。

阿爆自己才是最大原因！

阿爆行動觀察

· 一回家就喝一罐汽水
· 只吃肉的挑食大王
· 比起米飯，更愛吃麵食
· 吃飯的速度世界第一
· 吃完飯嚼口香糖
· 吃完飯馬上躺下

沒錯！

嘭嘭看着阿爆露出了懷疑的表情。

連睡着了都一直放屁，一定還有別的原因……

噗咻噗噗

聞聞

「秘密一定就在家裏！」
趁着阿爆睡着，嘭嘭決定好好研究一下阿爆家的冰箱。

這時候，門鈴響起了。
「有快遞！」
剛剛還睡着的阿爆馬上飛奔跑過去。

是在鄉下的祖母寄過來的菊芋呢！

嘻嘻

！

嗖！

菊芋？

祖母說這個對身體好，一直有寄給我們的呢！可以用來泡茶，也可以煲湯。

菊芋又稱為洋薑，是最容易引起放屁的食物之一。

菊芋裏含有大量菊粉成分，菊粉雖然能讓腸道變得健康，但同時也會增加放屁的機會。因為人的腸道裏幾乎沒有可以分解菊粉的酵素，所以他們只能通過放屁排出。

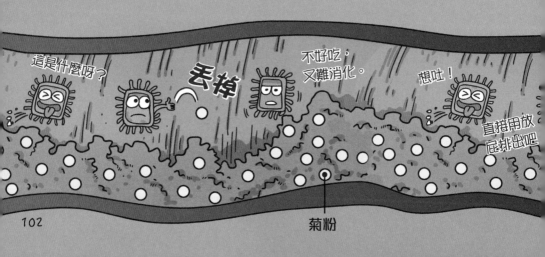

103

「但是只戒掉菊芋還不夠。」
嘭嘭為阿爆做了一個飲食習慣表。

減少放屁次數和臭味的生活習慣

不能只吃肉

菊芋和番薯等
食物要少吃

進食洋葱和大蒜
也要適量

不要過量進食，
導致肚子鼓脹

糖果和口香糖
要少吃

含有乳酸菌的
食物可多吃

吃飯時要放慢速度，
充分咀嚼

少喝汽水

吃完飯不要
馬上躺下

只要好好堅持，
一定能擺脫放屁
大王的外號的。

這怎麼可能
全做到呢！

「是改變習慣，還是繼續被嘲笑，全由你自己選擇。」
嘭嘭回答得非常決斷。

阿爆終於做出了決定。
「決定了！我一定要洗心革面！」

特訓從星期日就開始了。可素和比比按照嘭嘭教的生活習慣，嚴格監視着阿爆。

監視一直持續到睡覺前。一直想偷吃的阿爆
最後也只好放棄。

盡情放屁的健康校園

　　阿爆在特訓期間看了嘭嘭送給他的放屁知識圖書，對一直困擾着自己的放屁問題有了更多的了解。

　　「原來放屁是這樣形成的？
人一天竟然要放這麼多屁？」

這本書你一定要看完啊！

原來放屁有這麼多學問呢！

噢！我的屁

作者 嘭嘭

人正常一天要放14次屁,放屁量多的人,一天也有可能放超過40次屁。

普通人

約14次
(約0.5升)

經常放屁的人

40次以上
(約2.5升)

停一停!問答時間!

男性和女性,誰更經常放屁?

馬上揭曉正確答案

正確答案就是男性!女性腸道濃縮氣體的能力更強!那麼……氣味就……交給你們想像吧!

放屁量也是每個人不同的,最高差異可以達到5倍。

在學校裏,從來沒見過像我這麼經常放屁的同學呢!這是為什麼?

然而，阿爆的好奇心最終被睡魔打敗了。可素和比比站在旁邊呆呆地看着熟睡的阿爆。

「我們也回家吧。」

111

被自己的放屁聲嚇到的阿爆從睡夢中醒來。

「是發夢嗎？」

聞聞

哦？但是沒有臭味呢？

這時，媽媽正要進來叫醒阿爆。

「阿爆啊，快起牀吃早餐上學啦……」

彷彿回應媽媽一樣，阿爆放了一個炮彈屁。

飛

噗噗噗！

天啊！

為什麼？竟然一點都不臭！

「媽媽！這麼難的事情，我終於做到了！」

「太棒了！我的好兒子阿爆！」

阿爆和媽媽緊緊地擁抱在一起，高興極了。

我感覺像重生了一樣呢，媽媽！

我也是像得到一個全新的兒子的心情呢！

哎呀，好重啊！

阿爆！

一起上學吧！

這麼開心嗎？

剛好，可素和比比來到阿爆的家。

「噓！有人來了。」
聽到阿爆的話後，可素和比比迅速躲到草叢後。

「你不是說，你完全不放屁的嗎？」

阿爆突然出現，嚇得大健又放了一個屁。

大話精！

啊，阿爆啊……

「你放屁比我更臭，居然還嘲笑我。快道歉！」

被阿爆說得沒臉見人的大健顯得不知所措。

對不起，我只是開玩笑。我也為了不被人發現放屁而苦惱呢！

我知道了。你以後別再那樣了。

拍拍

偷偷放屁的人不只大健一個。
「他是我們班的歌王歷奇！」

他在跟着節奏放屁。

「歷奇！原來你才是真正的放屁大王！」
被阿爆看穿放屁模樣的歷奇非常尷尬，內心感到非常
抱歉。

「其實放屁又不是可恥的事情，可是大家都刻意隱藏！」
對放屁有了深入了解的阿爆對同學們的這種行為感到很無奈。

「沒錯，我是放屁大王！」
阿爆在大聲說話，同學們都十分驚訝。

「我就知道你們會狡辯。看這個。」

　　阿爆播放了比比的手機短片，給大家看了同學們放屁的模樣。接下來，本來還在熱烈討論的同學們瞬間安靜下來。

這樣你們還不承認嗎？

然後，大健和歷奇也走出來承認自己也是放屁大王。

我放的屁比阿爆的還要臭好幾倍呢！

說到放屁的次數，我才是班上的冠軍呢⋯⋯用放屁來演奏一曲都可以。

阿燦認為現在就是最好的機會，去糾正同學們對放屁的誤解。

「所有人都會放屁的！一天要放十幾次！」

放屁只是由我們吸入的空氣、食物，以及體內的細菌所形成的消化現象。

我們體內存活着超過100多萬億細菌！

「我……我試過幾次忍着不放屁，太辛苦了……」小晴輕聲地說道。

因為我不想像你一樣，被嘲笑是放屁大王……

長時間忍屁的話

口臭會變得嚴重

不能排出體外的屁會通過血管進入肺部，在呼氣的時候排出。

皮膚會變差

進入血管的屁氣會通過皮膚排出體外。排出的過程中會導致皮膚上暗瘡增多。

還可能會肚痛

肚子裏裝滿空氣的話，大腸會發脹，引起肚痛。

排便會變得困難

經常忍屁的話，大腸活動機能會下降。有可能會引致便秘。

「忍屁居然有這麼多壞處啊！」
阿爆將這段時間學到的放屁知識全部講出來了。

原來你也忍過幾次屁啊？朋友。

剛剛放出來了。因為積聚了一段時間，所以味道有點臭，抱歉呢！

噗 噗 噗

「為了大家的健康著想，我們從現在開始盡情放屁，怎麼樣？」

「贊成！」

阿爆剛說完，大家便齊聲用放屁歡呼了！

玩轉科技世界④

噗噗！放臭屁的秘密

作　　者：崔宰訓 (Choi Jaehun)
繪　　圖：宋會錫 (Song Hoeseok)
翻　　譯：何莉莉
責任編輯：趙慧雅
美術設計：蔡學彰

出　　版：新雅文化事業有限公司
　　　　　香港英皇道499號北角工業大廈18樓
　　　　　電話：（852）2138 7998
　　　　　傳真：（852）2597 4003
　　　　　網址：http://www.sunya.com.hk
　　　　　電郵：marketing@sunya.com.hk
發　　行：香港聯合書刊物流有限公司
　　　　　香港荃灣德士古道220-248號荃灣工業中心16樓
　　　　　電話：（852）2150 2100
　　　　　傳真：（852）2407 3062
　　　　　電郵：info@suplogistics.com.hk
印　　刷：中華商務彩色印刷有限公司
　　　　　香港新界大埔汀麗路36號
版　　次：二〇二一年四月初版

ISBN: 978-962-08-7734-6